おねえちゃんって、ほーんとつらい！

いとう みく・作
つじむら あゆこ・絵

おっきくなりたい！

一年生(ねんせい)になってから、あたし、二センチ
背(せ)が　のびた。
もう、ふみ台(だい)に　のらなくたって、キッチンの
じゃ口(ぐち)に　手(て)が　とどくし、背(せ)のびを　すれば、
たなから　マグカップだって　だせる。
でもね、「できるように　なったよ」なんて、
ぜったいに　いわない。

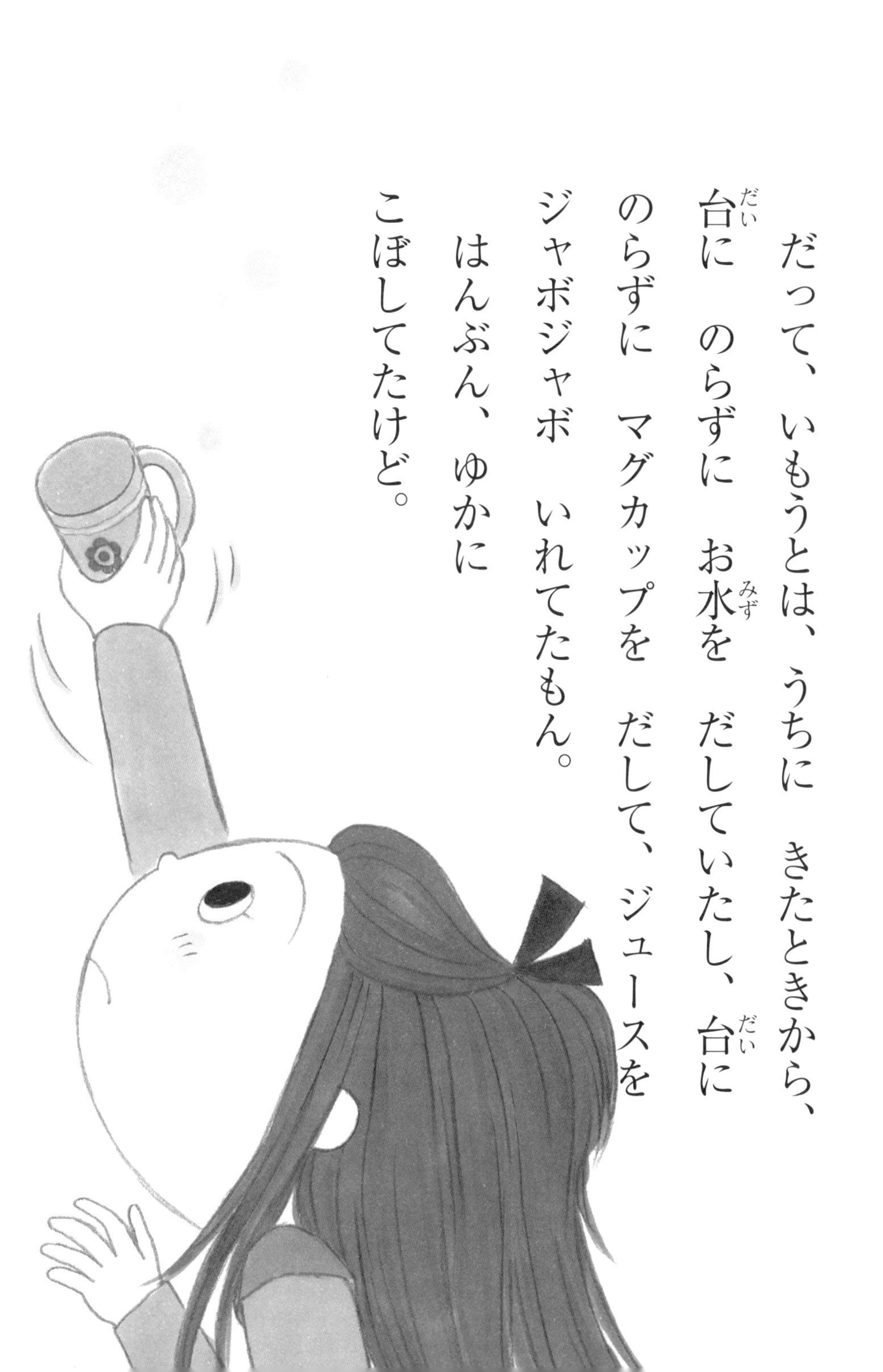

だって、いもうとは、うちに　きたときから、
台に　のらずに　お水を　だしていたし、台に
のらずに　マグカップを　だして、ジュースを
ジャボジャボ　いれてたもん。
はんぶん、ゆかに
こぼしてたけど。

いもうとの　なまえは　ナッちゃん。
あたしの　おかあさんと、ナッちゃんの
おとうさんが　けっこんして、あたしは
ナッちゃんの　おねえちゃんに　なった。
ナッちゃんは　三さいの　くせに、
あたしより　大（おお）きい。

おまけに　いつも　ドタバタ、
ギャンギャン、「きーん」「べーん」って、
わけの　わからない声（こえ）を　はりあげる。

　しずかなのは、ねてるときと、
たべてるときだけ。だから、あたしは　こっそり、
こうよんでるの。「かいじゅう」って。
かいじゅうは、なんでも　あたしの
マネを　する。

　あたしが　ポニーテールに　すれば、
「ナッちゃんも！」って、ドタドタ　足(あし)をならす。
「ちょっと　みじかいかな」って　いいながら、
おかあさんが　むすんであげると、ピョコンと

たった　チョンマゲを、うれしそうに
さわってる。

あたしが　しゅくだいを　していると、
となりに　すわって、みたこともない
グネグネした　字(じ)を　かきなぐる。
でも、これは　すぐに　あきちゃう。
きがつくと、へやのなかを　はしりまわったり、
ソファーのうえで　とびはねてる。
家(いえ)の　なかは　こうえんじゃありません。

かいじゅうは、どこでも　あたしに
ついてくる。それで、つかれると、どこでも
「おんぶ～」っていう。
こういうときこそ　マネしてよ！　って
おもうんだけど。
あたしは、ためいきを　ついて、あたしより
大きな　いもうとを　背中に　しょって　あるく。
おねえちゃんって、ほんとうに　たいへん。

やだ！　やだ！　やだ！

「ココちゃん、カップ　ふたつ　おねがい」
「はーい」
カップを　テーブルに　のせると、
おかあさんは　おさとう　たっぷりの
ホットミルクを　いれた。
「あついから　きを　つけてね」
あたしは　ふーふーしながら、そっと

口(くち)を　つける。
かいじゅうは、　ぶーぶー　ふくもんだから、
ミルクが　顔(かお)に　はねたり、　テーブルに
こぼれたりして、　とんでもないことになっている。

あ〜、まったく　もう。
「ほら」って、あたしは　タオルで　ゴシゴシ
口（くち）を　ふいてあげる。
いもうとの　めんどうを　みるのも、
ラクじゃない。

テレビをつけると、天気よほうが　やっていた。
『きょうは　全国的に　ひえこむでしょう。雨の
しんぱいは　なさそうですが、気温は　あがらず、
十二月下旬なみの　さむさに……』
そのとき、ピンポーン♪
げんかんの　チャイムが　なった。
「はーい」って、おかあさんが　へやを
でていった。

かいじゅうは、テーブルに　はねたミルクを
ゆびで　ガシガシ　のばしはじめた。
つくえは　がようしじゃない。
「ナッちゃん、やめな」
メッて　いうと、よけいに　ガシガシやる。
で、「こら」って、ちょっと　こわい顔を
すると、ぎゃお～んって　なく。
さいしょのころは、あわてちゃったけど、もう
なれたもん。

かいじゅうは、しらん顔を
していれば、
すぐに　なきやむ。
ぎゃお～ん
ぎゃお～ん
びえ～
……だけど、とっても
うるさい。

「どうしたの？」
おかあさんが　ダンボールの　はこを
かかえて　もどってくると、かいじゅうは
バンと　イスから　とびおりて、
「おかたーん」って、だきつく。

おかあさんは
ダンボールばこを
テーブルのうえに　おいて、
かいじゅうの　背中（せなか）を
とんとんしながら、
（だいじょうぶ、
わかってるよ）って、
あたしに
ウインクする。

「ね、ナッちゃん、
これ　あけてみようか。
まおちゃんが　ナッちゃんに
どうかって、
おようふく
おくってくれたのよ」
　まおちゃんは、
あたしと　おない年（どし）の
いとこだ。

「ナッちゃん、あけてみる？」
おかあさんが　いうと、
かいじゅうは　顔をあげた。
なみだなんて、
ちーっとも　でていない。
それで、にかって
わらった。
「ナッちゃん、あける！」
うーん　うーん

かいじゅうは、ガムテープを
はがさないで、ダンボールの
はしを　ひっぱる。
ほっぺを　あかくして、
うんうん　うなりながら。
「もー、かして」
あたしが　てつだって
あげようとすると、
「ナッちゃんがー」って、わめく。

おかあさんは　あたしの　背中を　ポンと
なでて、
「ナッちゃん、ここ」と、ガムテープの
はしを　すこし　めくった。
ビビビビー
まっすぐな　音がして、ダンボールの　口が
ひらくと、かいじゅうは、目を　まんまるにして、
それから、うきゃ〜とか、きーとか、さけび
ながら、うれしそうに　ドカドカ　ジャンプした。

「あら……」

くくくっ、ちっさい。

ナッちゃんは、きゅうくつそうに、ピンクの　コートを　ひっぱった。

「ナッちゃん、これやだ」

「ちょっと　小さいわね」

ちょっとじゃないよ、だ・い・ぶだよ。

わらってたら、おかあさんが　ふっとあたしをみた。

「ココちゃん、どうかしら」
「へっ？」
「ちょっと　きてみて」
え、え、え、え？

どうして？
なんで？
なんで　あたしが、きてみるの？
「一一〇センチだから　ココちゃんに
ちょうど　いいんじゃないかしら」
うっそ、うそうそうそ。
おない年の　いとこの　コートだよ。
かいじゅうにって、おくってきた
コートじゃん！

いもうとに　小さいようふくを、
おねえちゃんが　きる⁉

「やだ……」

「ココちゃん？」

「ぜったい、やだ」

あたしは　ギッと　にらんで、

「おかあさんの　ばか！」って
どなって、家を　とびだした。

あたし、家出します

家出だ。
家出してやる!

かいじゅうの　ほうが　大きいからって、
あたしの　ほうが　小さいからって、
それは、たしかに　そうだけど。
だからって!

あたしは、ズンズン　ズンズン
あるいていった。

おかあさんの　ばか。
コツンと、石ころ　けとばした。
かいじゅうの　ばか。
カコンと、あきかん
けとばした。
家出してやる！
ボコッと、でんしんばしらに
キックした。
あいたたた。

でも、あたし、どこに
いけばいいんだろう？
ピュルーンと、つめたい風が　ふいた。

あんずちゃんちに　いこうかな?
だめだめ、あんずちゃんの　ママが、
おかあさんに　でんわしちゃうに　きまってる。
あたしは　けっこう、用心ぶかい。

「そうだ!　ぞうさんこうえんが　いい」
山の　すべり台の　まんなかに、トンネルが
ある。あそこなら、すてきな家に　なるはず。

おうちは　トンネル。
げんかんも　ふたつある。
おにわには、ブランコも
すべり台も、ジャングルジムも
すなばも、なーんだって
そろってる。
うん、いいかも！

——だけど。

きゃはきゃは
バタバタバタ
「ねーねー　なにちてるのー」
「かくれんぼ？」
「おねーちゃん　あとぼ」

……ここは、ちょっとムリ。

「こんなに　チビが　おおいところじゃ、

ちっとも　おちつかない」

あたしは、トンネルの　おうちから　でた。

もっと　しずかなところでなきゃ。

「そうだ！　こんこん神社が　いい」
けいだいにある、あの大きな木の
あなの　なかなら　ばっちり。

おちばを　しいて、
クリを　ひろって、
わぁ、すてき！

――だけど。

バサバサバサッ
かーぁ、かーぁ
しーん
……こ、ここも　ムリかも。

おばけが　でそうなところで、
ひとりぼっちで　すごすなんて、
まっぴらよ。

あたしは　あわてて、うすぐらい　あなから
とびだした。
「どうせなら、もっと　たのしいところの
ほうが　いいや」
バスの　停留所（ていりゅうじょ）の　ベンチに　すわって
かんがえた。
どうぶつえん。ゆうえんち。海（うみ）。デパート。
アスレチック。レストラン！

だめだめ、これじゃ、ただの　おでかけに
なっちゃう。

と、そのとき――。

目のまえに、ヌーッと　大きな　かげが
のびてきた。

あたしは、「とまれ」のスイッチを
おされたみたいに、びくんって　かたまった。

「どうしたのかな」

えっ？

「まいごに　なっちゃった？」

おまわりさんだった。

「ま、まいごじゃないです」

家出(いえで)の　ことは、ぜったい　ナイショ！

たいほされたら　たいへんだもん。

「はやく　おうちに　かえったほうが　いいよ。
もうじき　日が　くれるから」
あたしが　たちあがると、おまわりさんは、
「きを　つけるんだよ」って　いって、しろい
じてんしゃに　のった。

家出も　ラクじゃない

どこからか、カレーの　いいにおいが　する。
「おなか　すいちゃった」
ポケットの　なかに　手を　いれると、
かさっと　音がした。
三まいいりの　ビスケット。
たべちゃおうかな……。ううん、まだ　さきは
ながいんだもん。だいじに　とっておかなきゃ。

きが　ついたら、うちの　すぐそばに　いた。

「あ、おかあさん」

げんかんの　まえで、おかあさんが
キョロキョロしてる。

あたしを、さがしてる？

あたしのこと、しんぱいしてる？

「おかたん」

おかあさんの　スカートの　うしろから、
かいじゅうが　でてきた。

おかあさんが、　にこっと　わらう。

やっぱり、　家になんて　かえらない。

うらから　まわって、　にわの　ものおきの
戸を　あけた。

ちょっぴり　カビくさいけど、　なんだか
とっても　ほっとする。

ふあ〜っ。

あれ……、
ねむたくなっちゃった。

ＺＺＺＺＺＺＺ

あったかい。

きもちが　いいな。

でも、お、おもい……。

おもい、おもい、おもいよー。

目が　さめたら、かいじゅうが　のっかってた。

「ナッちゃん、おもいよ。おきて」

かいじゅうは、うーんって　顔をこすって
あたしの　ひざから　ずりおちた。

「なんで　あんたが　ここにいるの？

いっておくけど、あたし、家出ちゅうなの」

「ナッちゃんもー」

「ダメ。あそびじゃないの。はやく　かえんな」

「やだ」

「ダメなものは　ダメ」

ビシッというと、かいじゅうは　あたしを
ジッと　みて、それから、口が　グワーンって
ひろがった。
あ、「ぎゃお～」が　でる！
「わ、わかった、ナッちゃんも　家出しよう」
かいじゅうは、にかって　わらって、あたしの
よこに　すわった。

かいじゅうと　家出(いえで)？

となりの　うちから、おさかなを　やく

においが　してきた。

テレビの　音(おと)も　きこえてくる。

あたしと　かいじゅうは、

ふたり　ならんで、ジーッと　してる。

「ココたん」

「なに？」

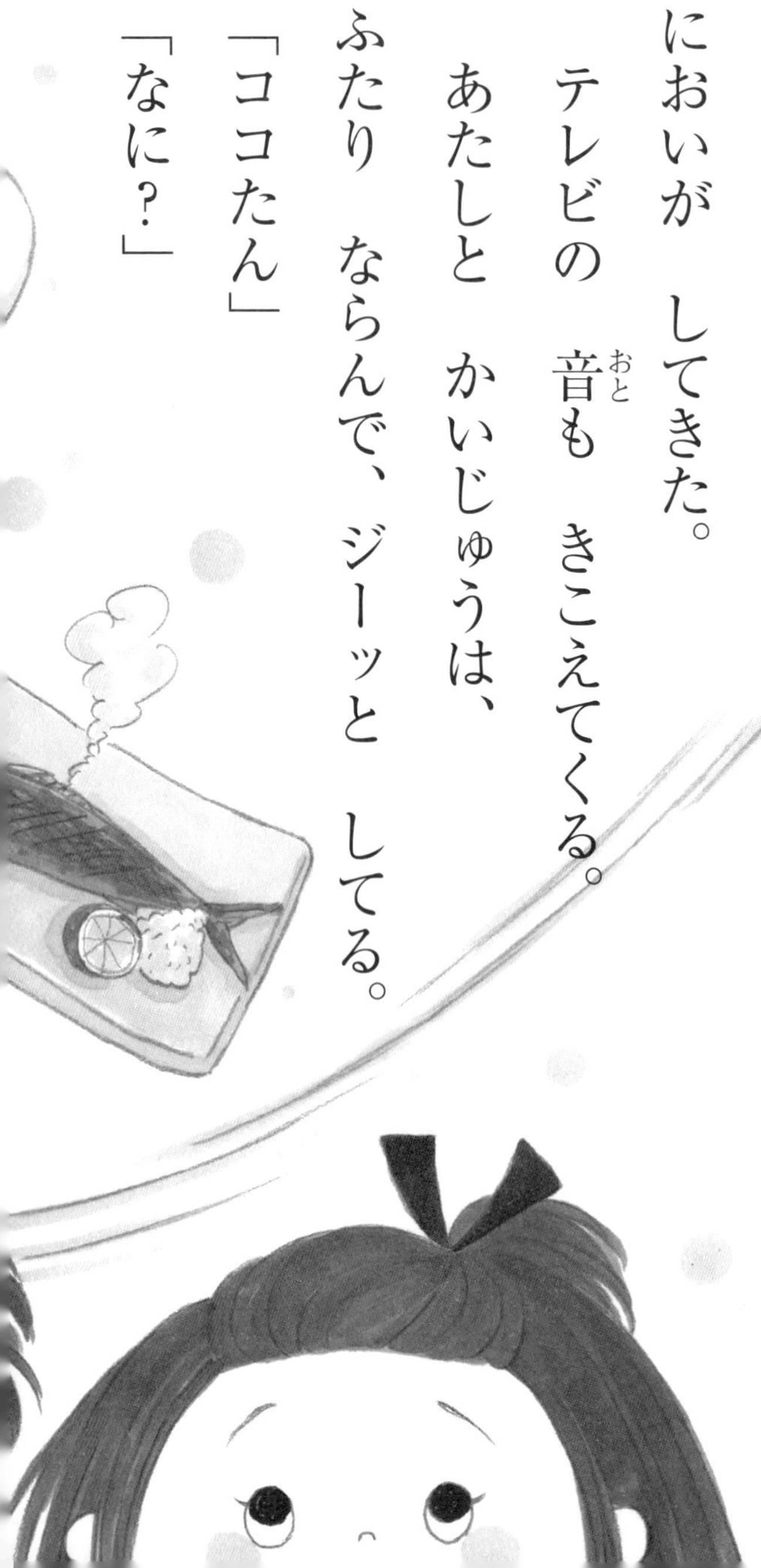

「おさかなの
においが　するね」
「サンマかな」
「ナッちゃん、ハンバーグ　たべたい」
「あたしは、カレー」

「おなか　すいたね」

「そうだね」

「のど　かわいたね」

「…………」

だから、ダメって　いったのに。家出（いえで）なんて。

となりで、かいじゅうが、グスッて　はなを
すすった。

わっ！　もしかして、なくわけ？

あたしは　木（き）ばこの　うえに　のぼって、

ダンボールばこを　みまわした。

なにか　いいもの　なかったっけ。
あった！　スコップや　おさらの　えが
かいてある　ダンボールばこを　ひっぱった。
「ナッちゃん、いいもの　みせてあげる」
ほこりの　かぶった　ダンボールばこを
あけると、きいろや、あか、みずいろの
小さな　おさらや　おなべが　でてきた。
「わー」
かいじゅうの　目が、キラキラした。

「ココたん、ごはんでちゅよ。　はい、ハンバーグ」

「うん」

「スパゲッティーと　やき肉（にく）と　オムライスと
カレーも　どうじょ」

「すごい　メニューだね」

かいじゅうは　ぐふって　わらった。
「ナッちゃんも　たべなよ。はい、
チーズハンバーグ」
あたしが　いうと、かいじゅうは　おなかを
ならしながら、もぐもぐした。
すっごく　おいしそうに　たべてる
マネをする。
ポケットの　なかの　ビスケットを
そっと　にぎった。

「はい、デザート」

おさらに、ビスケットを　いれると、
かいじゅうの　目（め）が　グンと　大（おお）きくなった。

「ビチュケット！」

かいじゅうは、ピリッと　ふくろを　やぶいて、
一まいを　まるごと　口（くち）に　いれた。

あっ……。

「おいち～」

かいじゅうが　大（おお）きな　からだを　ゆする。

もう一まいも
パクッ、サクサク。

三まいめを　つかむ。
あたしも　たべたいんだよぉ。
でも、でも、かいじゅうの　うれしそうな顔を
みていたら、まっ、いいかなって。
だって、あたし、おねえちゃんだから。
とおもったら、かいじゅうが　とつぜん、
ビスケットを　あたしの　口に　いれた。
「ココたん、はい」
サクッ

「おいちい？」
かいじゅうが、デレッと　口を　あけて
あたしを　みる。
あたしは、たべかけの　ビスケットを
ふたつに　わった。
「はい、はんぶんこ」
たべかけの、はんぶんこに　なった
ビスケットを、かいじゅうの　手に　のせた。
かいじゅうが　ぐふって　わらう。

あたしも　へへって　わらう。

ググググ〜。

どうじに　おなかが　なった。

「ナッちゃん、おうち、かえろっか」

「うん！」

ものおきの　戸を　あけると、おかあさんと
おとうさんが　たっていた。
「ココちゃん、ごめんね」
おかあさんが　いった。
おとうさんが
おっきな手で、
あたしの　あたまを
ゴシゴシして、わらった。
「ココちゃんは、いいおねえちゃんだ」

「わー、ココちゃん　いいじゃない！」

おかあさんが、ピンクの　コートに　あかい
お花の　ブローチを　つけてくれた。

「きる人に　よるんだよ、ふくって」

おとうさんは　そういって、

「うん、ココちゃんが　きると　さすがに
おねえさんっぽい」って、うなずいた。

そうかな、ほっぺが　ポッと　あかくなる。

いもうとが　きられない　小さな　コートを
きてたって、あたしが、おねえちゃん。
おねえちゃんは、あたしなんだもん！
と、かいじゅうが、ムギュって　コートを
つかんだ。
「ナッちゃんも」
「えっ？」

「ナッちゃん　きる！」

「だって、ナッちゃん　これ　小さいでしょ」

「いーの！　いーの！
ナッちゃん、ナッちゃんもー！」

「だめっ」

ぎゃお〜

もー。
おねえちゃんって、ほーんと　つらい！

作者

いとう　みく

神奈川県生まれ、東京都在住。フリーライター。広告コピーから、雑誌や書籍の企画制作などを行う。デビュー作『糸子の体重計』（童心社）で第46回日本児童文学者協会新人賞、『空へ』（小峰書店）で第39回日本児童文芸家協会賞受賞。著書に『かあちゃん取扱説明書』（童心社）、『おねえちゃんって、もうたいへん！』（岩崎書店）、『ていでん☆ちゅういほう』（文研出版）などがある。全国児童文学同人誌連絡会「季節風」同人。

画家

つじむら　あゆこ

一九六四年、香川県生まれ。武蔵野美術大学造形学部日本画学科卒業。こどもの本の仕事を中心に活躍。挿し絵に「おばけのポーちゃん」シリーズ（吉田純子・作、あかね書房）、「おばけのバケロン」シリーズ（もとしたいづみ・作、ポプラ社）、「マーメイドガールズ」シリーズ（ジリアン・シールズ・作、あすなろ書房）、『フラフラデイズ』（森川成美・作、文研出版）、『ふしぎなイヌとぼくのひみつ』（くさのたき・作、金の星社）などがある。

お手紙おまちしています！

いただいたお手紙は作者と画家におわたしいたします。
〒112-0005　東京都文京区水道1―9―2
岩崎書店「おねえちゃんって、ほーんとつらい！」係まで！

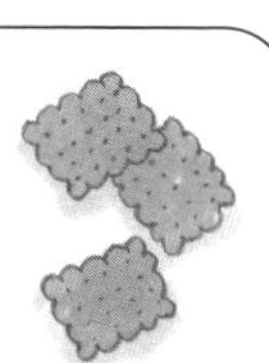

おはなしトントン48

おねえちゃんって、ほーんとつらい！

2015年5月31日　第1刷発行
2016年2月15日　第3刷発行

作者　いとうみく
画家　つじむらあゆこ
発行者　岩崎弘明
発行所　株式会社　岩崎書店
〒112―0005
東京都文京区水道1―9―2
電話　03―3812―9131（営業）
　　　03―3813―5526（編集）
振替　00170―5―96822

印刷　広研印刷株式会社
製本　株式会社若林製本工場

NDC 913
ISBN978-4-265-06726-8

ご意見ご感想をお寄せください。　E-mail　hiroba@iwasakishoten.co.jp
岩崎書店ホームページ　http://www.iwasakishoten.co.jp
落丁本・乱丁本は小社負担にておとりかえいたします。